KB020892

관
계의

조
각　들

마리옹 파욜

북스토리

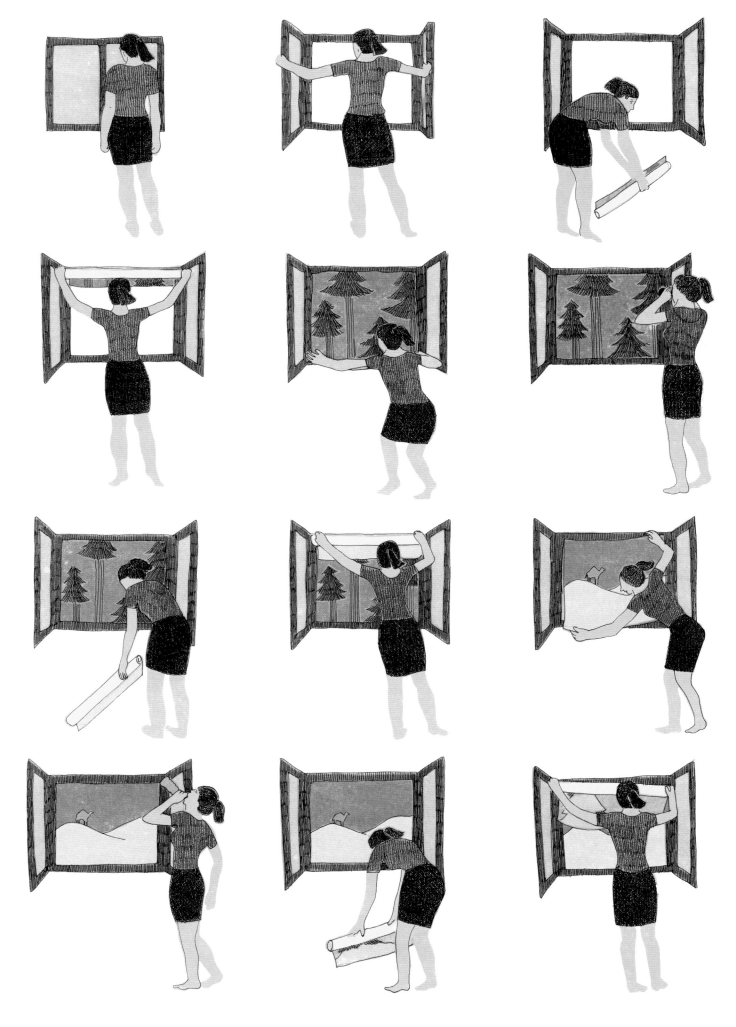

노 젓는 사람들 les rameurs

2. 거울 le miroir

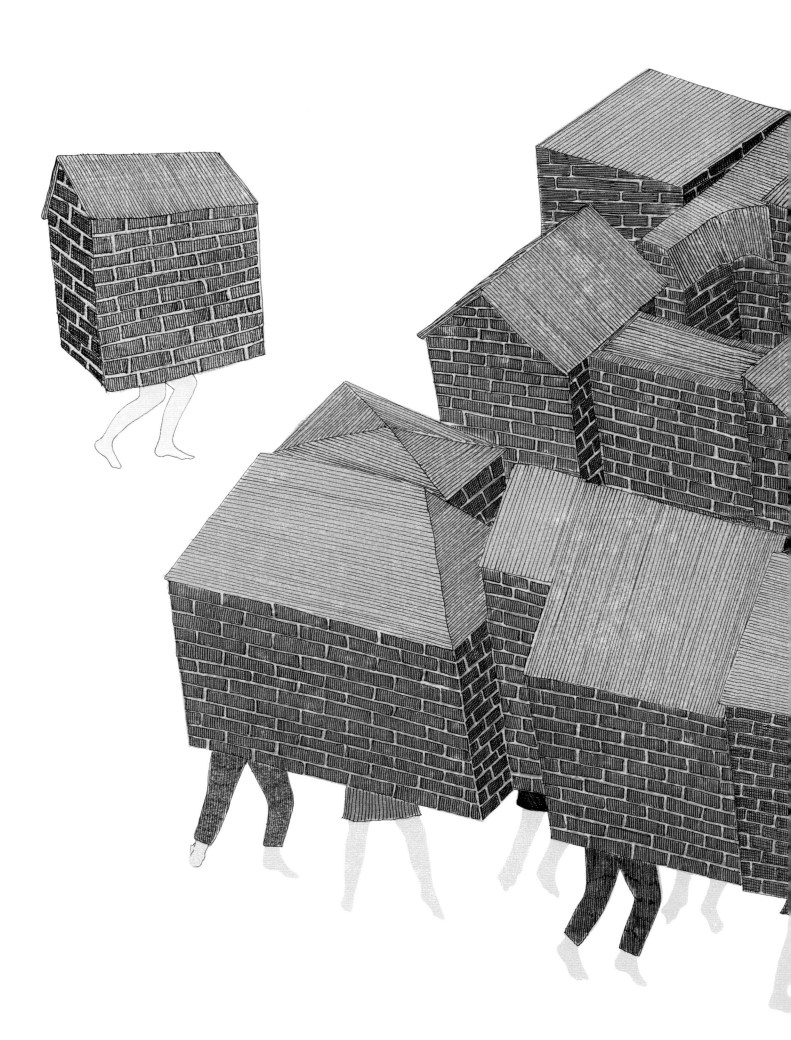

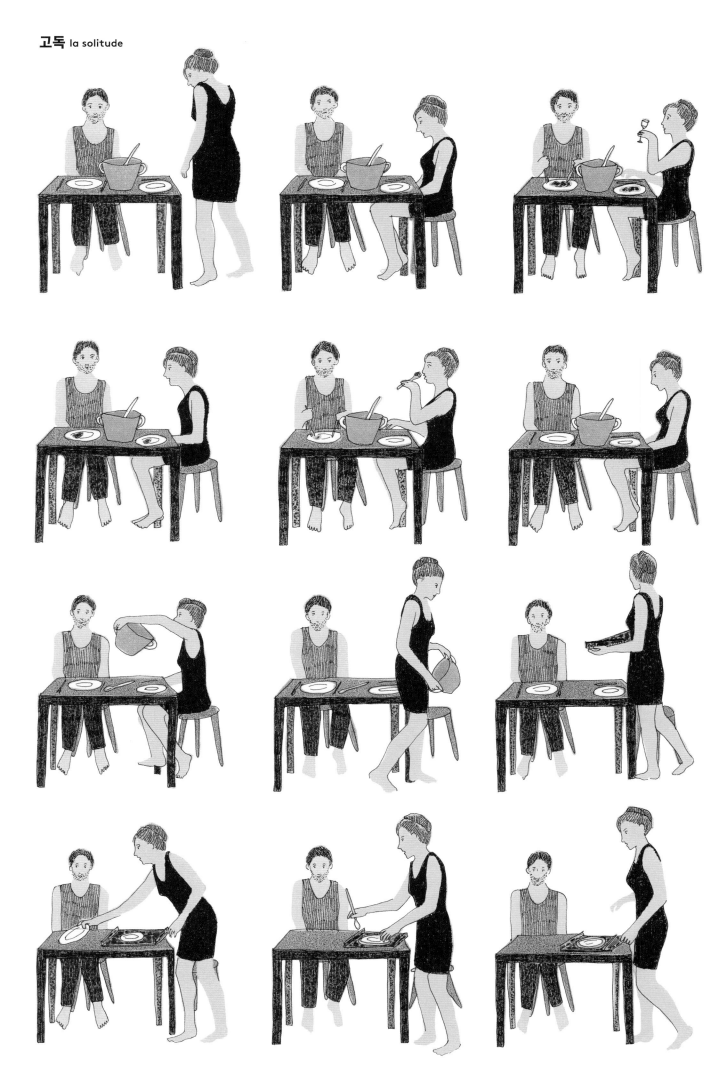

24

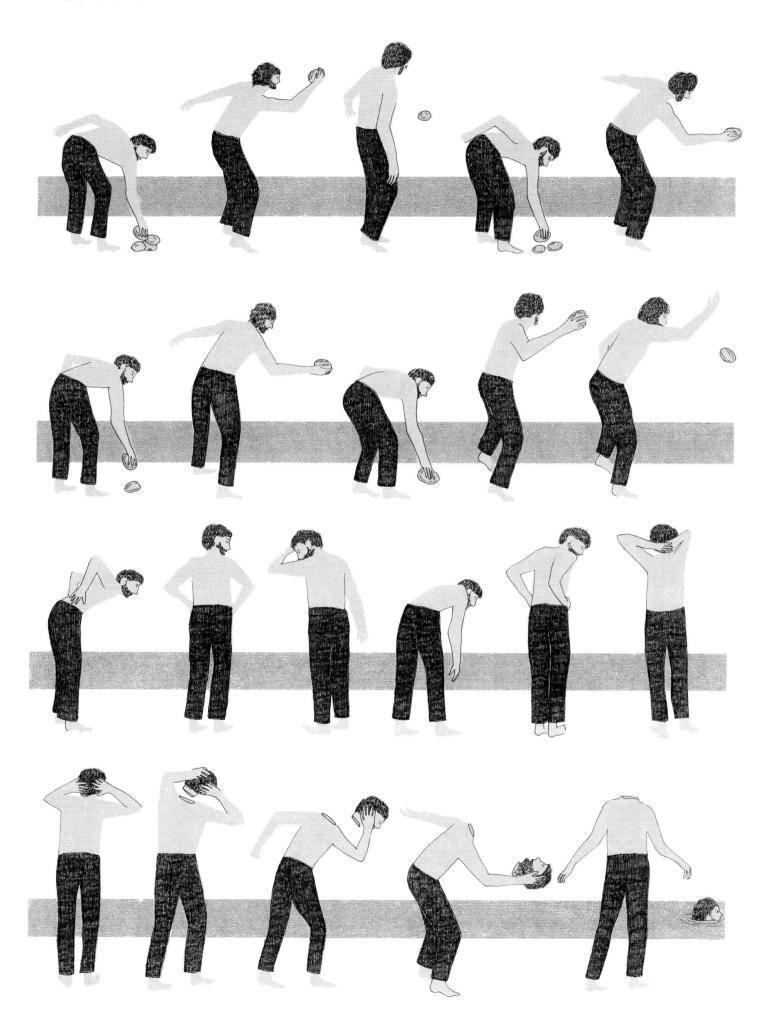

29

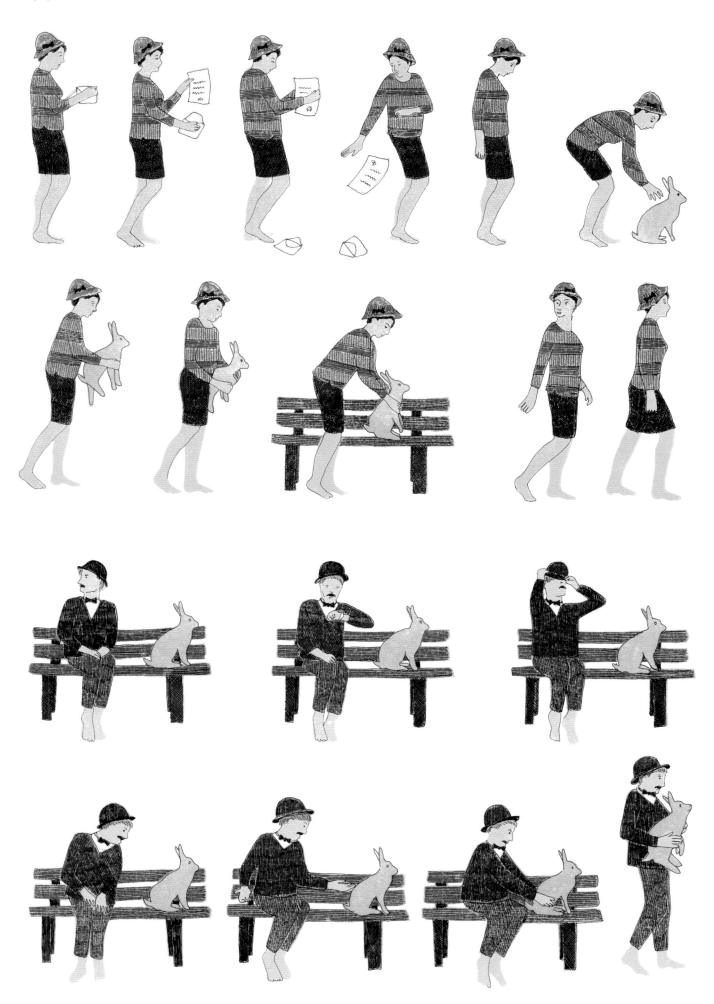

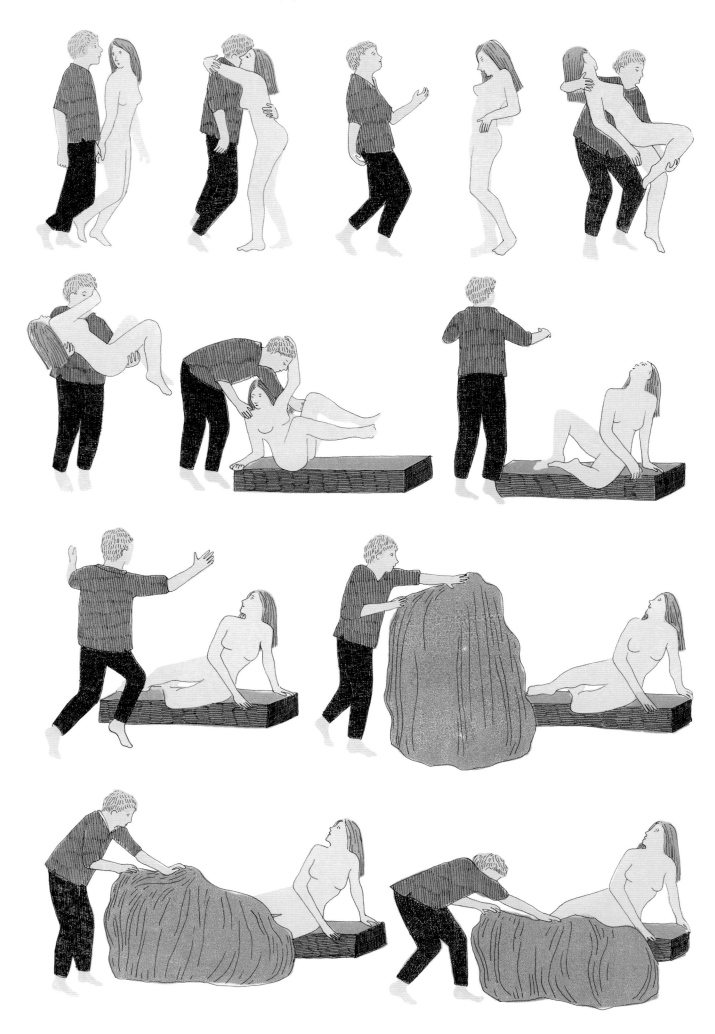

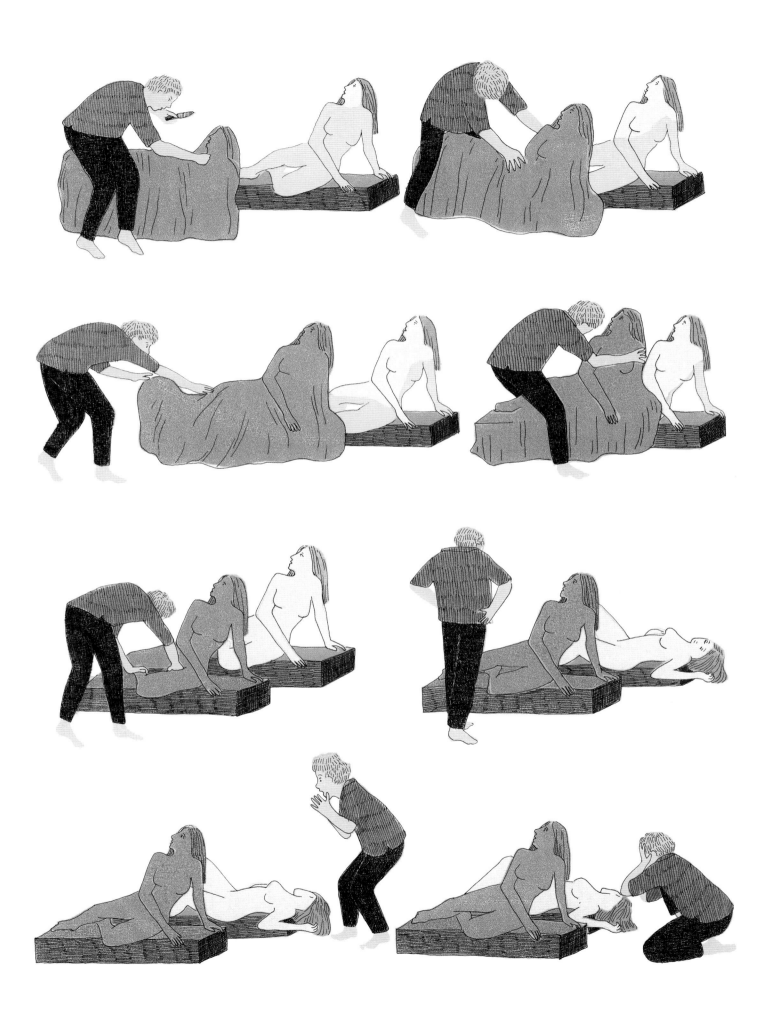

marion fayolle

1988년 5월 4일에 태어나 프랑스 아르데슈 주에서 자랐다.

2006년 스트라스부르에 있는 장식미술학교에 들어가

2011년 6월에 학위를 취득하고 일러스트레이터 작업실에서 일했다.

작업실 동료 마티아스 마링그레, 시몽 루생과 함께 만화 및 일러스트 잡지 『닉타로프 Nyctalope』를 창간했다.

저서로는 『관계의 조각들』 『눈처럼 하얀 식탁보』 『그림』 『다정한 돌들』 『망나니 녀석들』이 있다.

마리옹 파욜은 현재 프랑스에서 가장 주목받는 일러스트레이터 중 한 명으로

『21세기』 『뉴욕타임스』 『텔레라마』 『파리 옴므』 『프시콜로지』 『푸딩』 등 여러 언론 매체에 일러스트를 싣고 있으며,

2014년에는 프랑스 패션 브랜드 코텔락 Cotélac과 협업하며 활발하게 활동하고 있다.

L'homme en pièces

Copyright ⓒ 2016, Edition Magnani.
Translation copyright ⓒ May, 2016, Bookstory
This edition was published by arrangement with The Picture Book Agency,
Paris, France and Icarias Agency. All rights reserved.

이 책의 한국어판 저작권은 Icarias Agency를 통해 Edition Magnani와 독점 계약한 북스토리(주)에 있습니다.
저작권법에 의하여 한국 내에서 보호를 받는 저작물이므로 무단전재와 무단복제를 금합니다.

관계의 조각들 (원제 : L'homme en pièces)

1판 1쇄 2017년 2월 28일
    3쇄 2020년 6월 24일

지 은 이 마리옹 파욜
옮 긴 이 이세진

발 행 인 주정관
발 행 처 북스토리(주)
주   소 경기도 부천시 길주로 1 한국만화영상진흥원 311호
대표전화 032-325-5281
팩시밀리 032-323-5283
출판등록 1999년 8월 18일 (제22-1610호)
홈페이지 www.ebookstory.co.kr
이 메 일 bookstory@naver.com

ISBN 979-11-5564-142-2 03860

※잘못된 책은 바꾸어드립니다.

이 도서의 국립중앙도서관 출판시도서목록(CIP)은 서지정보유통지원시스템 홈페이지
(http://seoji.nl.go.kr)와 국가자료공동목록시스템(http://www.nl.go.kr/kolisnet)에서
이용하실 수 있습니다.
(CIP제어번호 : CIP2017001779)